兒童文學叢書
·文學家系列·

怪異酷天才
神祕小說之父愛倫坡

吳玲瑤／著　郜欣、倪靖／繪

三民書局

國家圖書館出版品預行編目資料

怪異酷天才:神祕小說之父愛倫坡 / 吳玲瑤著;郜欣,倪
靖繪.－－二版一刷.－－臺北市: 三民,2012
　　　面;　　公分.－－(兒童文學叢書・文學家系列)

　ISBN 978-957-14-2838-3　(精裝)

　1.愛倫坡(Poe, Edgar Allan, 1809-1849)－傳記－通俗
作品

859.6

© 　怪異酷天才
　　　　——神祕小說之父愛倫坡

著 作 人　　吳玲瑤
繪　　者　　郜 欣　倪 靖
發 行 人　　劉振強
著作財產權人　三民書局股份有限公司
發 行 所　　三民書局股份有限公司
　　　　　　地址　臺北市復興北路386號
　　　　　　電話　(02)25006600
　　　　　　郵撥帳號　0009998-5
門 市 部　　(復北店)臺北市復興北路386號
　　　　　　(重南店)臺北市重慶南路一段61號
出版日期　　初版一刷　1999年2月
　　　　　　二版一刷　2012年1月
編　　號　　S 853901
行政院新聞局登記證局版臺業字第〇二〇〇號

　　　有著作權・不准侵害

ISBN　978-957-14-2838-3　（精裝）

http://www.sanmin.com.tw　三民網路書店
※本書如有缺頁、破損或裝訂錯誤,請寄回本公司更換。

閱讀之旅 （主編的話）

很早就聽說過藝術大師米開蘭基羅、梵谷、莫內、林布蘭、塞尚等人的名字；也欣賞過文學名家狄更斯、馬克‧吐溫、安徒生、珍‧奧斯汀與莎士比亞的作品。

可是有關他們的童年故事、成長過程、鮮為人知的家居生活，以及如何走上藝術、文學之路的許許多多有趣故事，卻是在主編了這一系列的童書之後，才有了完整的印象，尤其在每一位作者的用心創造與撰寫中，讀之趣味盈然，好像也分享了藝術豐富的創作生命。

為孩子們編書、寫書，一直是我們這一群旅居海外的作者共同的心願，這個心願，終於因為三民書局的劉振強董事長，有意出版一系列全新創作的童書而宿願得償。這也是我們對國內兒童的一點小小奉獻。

西洋文學家與藝術家的故事，以往大多為翻譯作品，而且在文字與內容上，忽略了以孩子為主的趣味性，因此難免艱深枯燥；所以我們決定以生動、活潑的童心童趣，用兒童文學的創作方式，以孩子為本位，輕輕鬆鬆的走入畫家與文豪的真實內在，讓小朋友們在閱讀之旅中，充分享受到藝術與文學的廣闊世界，也拓展了孩子們海闊天空的內在領域，進而能培養出自我的欣賞品味與創作能力。

這一套書的作者們，都和我一樣對兒童文學情有獨鍾，對文學、藝術更是始終懷有熱誠，我們從計畫、設計、撰寫、到出版，歷時兩年多才完成，在這之中，國內國外電傳、聯絡，就有厚厚一大冊，我們的心願卻只有一個——為孩子們寫下有趣味、又有文學性的好書。

當世界越來越多元化、商品化的今天，許多屬於精神層面的內涵，逐漸在消失、退隱。然而，我始終牢記心理學上，人性內在的需求——求安全、溫飽之後更高層面的精神生活。我們是否因為孩子小，就只給與溫飽與安全，而忽略了精神陶冶？文學與美學的豐盈世界，是否因為速食文化的盛行而消減？這是值得做為父母的我們省思的問題，也是決定寫這一系列童書的用心。

愛倫坡

我想這也是三民書局不惜成本、不以金錢計較而決心出版此一系列童書的本意。在我們握筆創作的過程中，最常牽動我們心思的動力，就是希望孩子們有一個愉快的閱讀之旅，充滿童心童趣的童年，讓他們除了溫飽安全之外，從小就有豐富的精神食糧，與閱讀的經驗。

最令人傲以示人的是，這一套書的作者，全是一時之選，不僅在寫作上經驗豐富，在文學上也學有專精，所以下筆創作，能深入淺出，饒然有趣，真正是老少皆喜，愛不釋手。譬如喻麗清，在散文與詩作上，素有才女之稱，在文壇上更擁有廣大的讀者群；韓秀與吳玲瑤，讀者更不陌生，韓秀博學用功，吳玲瑤幽默筆健，作品廣受歡迎；姚嘉為與王明心，都是外文系出身，對世界文學自然如數家珍，筆下生花；石麗東是新聞系高材生，收集資料豐富而翔實；李民安擅寫少年文學，雖然柯南・道爾非世界文豪，但福爾摩斯的偵探故事，怎能錯過？由她寫來更加懸疑如謎，趣味生動。從收集資料到撰寫成書，每一位作者的投入，都是心血的結晶，我衷心感謝。由這一群對文學又懂又愛的人來執筆寫文學大師的故事，不僅小朋友，我這個「老」朋友也讀之百遍從不厭倦。我真正感謝她們不惜時間、心血，投入為孩子寫作的行列，所以當她們對我「撒嬌」：「哇！比博士論文花的時間還多」時，我絕對相信，也更加由衷感謝，不僅為孩子，也為像我一樣喜歡文學的大孩子們，可以欣賞到如此圖文並茂，又生動有趣的童書欣喜。當然，如果沒有三民書局的支持、用心仔細的編輯，這一套書是無法以如此完美的面貌出現的。

讓我們一起——老老小小共同享受閱讀之樂、文學藝術之美，也與孩子們一起留下美好的閱讀記憶。

作者的話

那曾是年輕時無法磨滅的記憶，在一個陰森鬼鬱沒有月光的晚上，擁著被子在床上讀《烏舍家的覆亡》，全身毛骨悚然，就像窗外無由來的閃電和雷響般，讓人起著一陣陣雞皮疙瘩，驚異於作者特殊意境的語言，跟著他一步一步走進書裡描寫的恐怖世界，灰舊的老屋、枯死的樹、眼看著主角因怪病而瀕臨死亡，那股濃濃陰氣圍繞著的感覺，久久不能平息，這是我第一次讀愛倫坡的震撼。

再來是大學時教我們美國詩選的夏安民教授，用他那特殊低沉的嗓音念出愛倫坡的〈大鴉〉、〈給海倫〉，催眠式的疊韻重複出現，像是來自另一個世界的聲音，美得夢幻也美得恐怖，那種被引進另一種靈異世界的感覺又出現了，讓我對這個作者充滿了好奇，因此往後讀了不少愛倫坡的作品，處處驚異於他不同於一般人的才華。

到美國之後，看兒子的小學老師為他們編的詩選教材，愛倫坡的〈安娜貝兒李〉被選入其中，詩中將一個寂寞孩子想像中的兒時玩伴寫得如詩如幻，愛倫坡夢囈式的詩歌，天真無邪、純純的愛被稱英詩最美的傑作，念起來又有特殊的音樂效果，學校認為很適合學生們讀。而每年十月底的鬼節是孩子們最喜歡的節日，他們對這個節日既興奮又害怕，為了應景和營造氣氛，總要選愛倫坡的神祕小說來念，像是《黑貓》、《心跳的祕密》、《烏舍家的覆亡》、《毛格街謀殺案》等，全班一起讀得又起勁又神祕，唯有愛倫坡有這股魅力。

所以當簡宛姐為三民書局編寫這套有意義的文學家故事時，在眾多的文學家中，我毫不猶豫的選了這個孩子會喜歡的「怪異酷天才」──愛倫坡。

從愛倫坡的童年說起，小小年紀就成為孤兒的他，怎樣的生活經驗讓他日後會寫出這樣獨特的作

愛倫坡

品？總是有脈絡可尋，有著如絲如縷般的關係，其實他一生的傳奇就是很曲折動人的故事，一個天才的不被諒解，一個超凡想像空間的深處，一個窮文人的潦倒，都牽扯著許多非尋常的情節在其中。

同時我也儘量導引孩子欣賞他文字的魅力，以及特殊情景的營造。他寫的男主角都出身貴族，博學而孤獨，又有些神經質，女主角則具有另一世界的美，籠罩在死亡的陰影中如幽靈般的神祕。因為愛倫坡算是原創性很強的作家，許多現代科幻小說和偵探故事都脫胎於他的短篇小說，邏輯上的演繹和聯想可以訓練孩子的思考能力，抽絲剝繭的找出真正元凶是誰的挑戰很能引起孩子的興趣。愛倫坡一生寫了五十首詩，幾乎全都是抒情詩，氣氛和他寫的故事氣氛一模一樣，但卻特別有音樂性，對詩壇象徵派產生相當的影響。

讓我們一起來瞭解這個美國文壇上的怪異酷天才——愛倫坡。

愛倫坡

Edgar Allan Poe

1809~1849

Edgar A Poe

1. 紅顏薄命的母親

「向善心人士求助：

你們喜愛的演員伊麗莎白‧坡已經無法登臺演出，她現在正躺在病床上，和死神做最後的搏鬥，三個不滿四歲的幼兒圍繞在她的身邊，景況看了令人鼻酸，她需要你們的幫助，也許，這是她最後一次的求助！」一八一一年的冬天，美國維吉尼亞州瑞其蒙市的報紙刊登出這樣的一則消息。

在瑞其蒙市，大街小巷都在談論著話劇演員伊麗莎白‧坡的遭遇。說起伊麗莎白，她的命也真夠苦了，生於英國的她，兩歲時爸爸就死了，和當演員的媽媽到處流浪，在殖民時代來到了美國，從九歲就開始跟著媽媽上臺演戲。十一歲那年，媽媽也不幸死了，她變成孑然一身、無父無母的孤兒。媽媽過世之後，伊麗莎白成了職業演員，她漂亮的臉蛋、動人的聲音、窈窕的身材，以及精湛的演技，使她非常受歡迎，經常贏得眾人的鮮

花與掌聲，還有好幾次機會演出莎士比亞劇中的女主角。可是才華洋溢的她，卻被命運無情的捉弄著。

伊麗莎白很早就結了婚，在第一任丈夫去世後，她又嫁給大衛‧坡，當時兩人都在維吉尼亞、波士頓一帶走碼頭演戲，賺的錢很少，又沒有固定居住的地方，常常是將就住在舞臺後面又髒又暗的地方，或在附近租個臨時的簡陋房子，每隔一段時間又得從一個城市走到另一個城市，從一個戲院搬到另一個戲院。

大衛是一個對家庭沒有什麼責任感又愛喝酒的人，家中生活全靠伊麗莎白一個人支撐。就在伊麗莎白懷第三個孩子的時候，大衛失蹤了，留下兩個兒子威廉及艾德格。失去丈夫的伊麗莎白為了養活孩子，還得懷著身孕抱病演出，身體越來越壞，但她仍賺不到足以維持生活的費用，常常需要別人的接濟。

「媽媽，妳怎麼了？」「媽媽，我好餓。」「哇……哇……」三個幼小的孩子圍著臥病在床的伊麗莎白，拉扯著破舊的被子，似懂非懂的看著媽媽一步一步走向死亡。

還不到二十四歲的伊麗莎白，臉

色蒼白的躺在鋪著雜草的克難床上，望著她三個稚齡的孩子。貧病交迫，伊麗莎白什麼都沒能留給孩子，只好拿剪刀剪下一束頭髮，算是給他們唯一的紀念。

當時不到三歲的艾德格對媽媽的印象很模糊，只依稀記得媽媽是一個很美很美的女人：因為發高燒，媽媽的臉頰總是紅紅的，顯得特別漂亮，再加上不斷的咳嗽，更是惹人憐愛。但終究逃不過擺布，脫離不了死神的魔掌，她還是走了。這樣的印象，日後成為艾德格文章的主題。

2.

養父母家的日子

媽媽死後，四歲的哥哥被爺爺奶奶領回去，但是他們也很窮，沒有辦法再照顧另外兩個孩子，所以妹妹住到馬肯尼夫婦家，艾德格則被瑞其蒙當地一個有錢的貿易商夫婦收養。愛

白己太太於是家伊麗莎自倫太太於是家
伊麗莎自倫太太，沒有自己的孩子，加上十分喜歡艾德格，於是就把艾德格帶回家扶養。

原本是伊麗莎自倫夫妻的戲迷，因為沒有孩子，加上十分喜歡他們就把艾德格帶回家扶養。

艾德格的養母對他很好，有時疼愛到縱容的地步，在物質上總是給他最好的，這和他在戲院裡居無定所的環境比起來，簡直有如天壤之別。艾德格在樓上有自己的房間，還有佣人會幫忙收拾。因為養父希望能有自己的孩子，所以一直沒有正式辦手續收養艾德格，可是願意提供他最好的教育。因此養父對他十分嚴厲，總喜歡用當時最流行的《老農黃曆》上的句子來訓示他：

「早睡早起使人健康又有錢。」

「一天一個蘋果，醫生就遠離。」

「要靠自己的雙腳站起來，人要有責任感，別人交給你的任務，要好好完成。」

在當地，養父也算是個有頭有臉的人，因此他訂了百科全書，買了鋼琴和長笛，希望增加一點生活上的藝

術氣息，以便附庸風雅。但私底下，他卻希望把艾德格栽培成生意人，所以他要艾德格學好數學和英文，因為他認為學好數學，才能夠一下就算出某一筆生意賺不賺錢，學好英文則是為了寫合約時可以不出錯。

艾德格六歲時就很聰明伶俐，會念書、會畫畫，也會跳社交舞。每當家裡有客人來的時候，愛倫夫婦就驕傲的把他叫出來：「來，來，背一首詩給叔叔阿姨聽。」

於是他站上高背的椅子，有板有眼的背著詩，一字不漏，贏得客人的稱讚。

愛倫坡

男的歡人子，不他哈這，養

小皮喜把椅開坐，他哈了事被德常養，所約個有在靈一見

這頑他的的拉家倒的的為常謝約有，心有們

但有，劇他坐的人跌心。氣格謝慈隱還，妹望他

孩也候作要偷到而開笑淘德處為爺來仁隱自哥妹小盼和

時惡家偷看到就大種艾父格寫父以知個他中天面

也的信的他道哥親幼總能

爺己，盼他

格爺個面

3.

渡海到英國

　　一八一五年，艾德格六歲半的時候，因為養父要在倫敦設分公司，於是一家三口坐船到英格蘭，展開三十四天的海上顛簸。一路上，養母一直暈船，但小艾德格卻一點也不害怕，養父十分讚許的說:「你很勇敢，一點都不怕渡海。」

　　他們在倫敦一住五年，小艾德格開始上學了，註冊時名字中第一次加上養父母的姓「愛倫」，從此，他的全名為:艾德格‧愛倫坡。

　　這是一間貴族氣息很濃厚的寄宿學校，學費並不便宜，學生有自己的床位、單字本、地理課本、歷史課本等。愛倫坡對學校最初的印象就是源自這種英國式的老學校:「在歷史久遠的村莊裡，高大的樹圍繞著古老的建築，學校就像夢裡的地方。」這和他以前在維吉尼亞所見都是開闊的平野完全不同，英國的經驗對他而言是神祕古老的。

但愛倫坡卻對這個新的地方並不英連
感到很陌生、很害怕，過得並不
開心。同學們嘲笑他的美國腔英
文；養父工作很忙，常常忙得連
假日也沒辦法和他們在一起；養
母一直想回家，身體也不太好。
另一個讓愛倫坡沮喪的原因是：
養父的家人好像一直沒有把愛倫
坡當成家中的成員，每次從美國
來信問候時老是忘記提起他。

愛倫先生的生意剛開始做得
很成功，但後來因為煙草的價格
大跌，再加上一八一七年經濟不
景氣，稅率加重，他開始負債，
於是決定把業務結束，回去瑞其
蒙。這次橫渡大西洋共花了三十
六天，途中遇到了大風浪，對當
時已經很懂事的愛倫坡來說，那
是個非常奇特的經歷。

在船上，愛倫坡最喜歡纏著
一個老水手，聽他講他半輩子在
海上浪跡的故事。老水手滿臉風霜，
一道道的皺紋就是一次次的歷險，愛
倫坡總愛跟前跟後的問：「你上次說遇
到一艘海盜船，偽裝成求救的樣子，
後來怎麼樣了呢?」面對著茫茫大海和
天邊晚霞，老水手回憶:「就在我爬上

桅_{ㄨㄟˊ}竿_{ㄍㄢ}的當_{ㄉㄤ}兒_ㄦ ……」

　　就_{ㄐㄧㄡˋ}這_{ㄓㄜˋ}樣_{ㄧㄤˋ}，老_{ㄌㄠˇ}水_{ㄕㄨㄟˇ}手_{ㄕㄡˇ}告_{ㄍㄠˋ}訴_{ㄙㄨˋ}愛_{ㄞˋ}倫_{ㄌㄨㄣˊ}坡_{ㄆㄛ}他_{ㄊㄚ}的_{ㄉㄜ˙}
怪_{ㄍㄨㄞˋ}誕_{ㄉㄢˋ}經_{ㄐㄧㄥ}驗_{ㄧㄢˋ}、遇_{ㄩˋ}到_{ㄉㄠˋ}龍_{ㄌㄨㄥˊ}捲_{ㄐㄩㄢˇ}風_{ㄈㄥ}的_{ㄉㄜ˙}傳_{ㄔㄨㄢˊ}奇_{ㄑㄧˊ} ……愛_{ㄞˋ}
倫_{ㄌㄨㄣˊ}坡_{ㄆㄛ}聽_{ㄊㄧㄥ}得_{ㄉㄜ˙}入_{ㄖㄨˋ}神_{ㄕㄣˊ}，老_{ㄌㄠˇ}水_{ㄕㄨㄟˇ}手_{ㄕㄡˇ}的_{ㄉㄜ˙}故_{ㄍㄨˋ}事_{ㄕˋ}全_{ㄑㄩㄢˊ}都_{ㄉㄡ}裝_{ㄓㄨㄤ}
進_{ㄐㄧㄣˋ}了_{ㄌㄜ˙}他_{ㄊㄚ}小_{ㄒㄧㄠˇ}小_{ㄒㄧㄠˇ}的_{ㄉㄜ˙}腦_{ㄋㄠˇ}袋_{ㄉㄞˋ}裡_{ㄌㄧˇ}，這_{ㄓㄜˋ}些_{ㄒㄧㄝ}故_{ㄍㄨˋ}事_{ㄕˋ}都_{ㄉㄡ}成_{ㄔㄥˊ}
為_{ㄨㄟˋ}他_{ㄊㄚ}日_{ㄖˋ}後_{ㄏㄡˋ}寫_{ㄒㄧㄝˇ}作_{ㄗㄨㄛˋ}時_{ㄕˊ}千_{ㄑㄧㄢ}變_{ㄅㄧㄢˋ}萬_{ㄨㄢˋ}化_{ㄏㄨㄚˋ}的_{ㄉㄜ˙}材_{ㄘㄞˊ}料_{ㄌㄧㄠˋ}。

愛倫坡

4. 少年情懷

一八二〇年夏天，養父母和愛倫坡回到了瑞其蒙。在這個城市裡，有許多喬治亞式建築的高門大屋，四周都是煙草田，愛倫坡就在這兒繼續受教育。

愛倫坡特別有語言天分，十二歲就能寫出水準很高的詩，他甚至還要養父替他印出來，養父一口拒絕：「這

麼小就有文名，一定會變得驕傲，不印不印。」但養父私下卻也不得不承認那些詩寫得真的很好。

愛倫坡知識豐富又有幽默感，在同學間很受歡迎，儼然是個孩子王。因此他常常對大家發號施令：「聽著，我們今天要玩打擊魔鬼。」於是大家就跟著他起鬨。愛倫坡常有些怪主意，老想做大人說不可以做的事，因此也惹來不少的麻煩。他不僅功課好，體育上的表現也很傑出，能跑、能打拳擊，還是跳遠和游泳紀錄的保持者，常常在夏天的時候，和朋友一起游過詹姆斯河呢！

　　可能因為媽媽太早過世的緣故，雖然養母很照顧他，但自己的母親過世時，愛倫坡轉向尋求對母親的依戀。養母法蘭西斯從英國回來之後就一直生病，變得囉哩囉嗦、抱怨不斷；因此愛倫坡對母愛特別好，把美麗年輕的媽媽想像成自己的母親，每當遇到不愉快時，總是跑到她那兒尋求安慰。這位三十歲的年輕媽媽也把愛倫坡當作自己的孩子看待，不巧的是，她也是個帶病的人。愛倫坡認識珍一年後，她就死於腦癌。又一次的打擊，讓愛倫坡對傷逝有著不可磨滅的悲痛，後來他為珍寫下了〈給海倫〉的詩。不斷失去所愛的人，感嘆生命的無常和沒有安全感，這種種對愛倫坡日後的作品都產生了很大的影響。

　　珍死後，愛倫坡常常到她墳墓上去獻花，對著她的墓碑說話的時候，訴說著心中的委屈，就像她還活著一樣。這件事讓養父非常不諒解，他覺得這個十六歲的少年變得怪怪的，陰陰沉沉的，愛鬧彆扭，他把愛倫坡這種轉變解釋成不知感恩、不知圖報，對他的養育之恩不懂得感激，還陰陽怪氣的不給家人好臉色看。

5. 自由風氣

　　雖然和養父的衝突一直存在，但他們還是替他付學費，讓他上維吉尼亞大學。這所大學是美國開國元老湯瑪斯‧傑佛遜所創，一八二六年才只有一年的歷史，許多制度都還沒有建立，但倒也充滿了自由的風氣，因此常常發生學生和學校當局衝突的情形。

　　在當時比一般學生年紀小的愛倫坡，功課方面表現得很好，念了不少英國名家的作品，像莎士比亞、密爾頓、拜倫、濟慈等人都是他最喜歡的作家。他參加辯論社，寫詩給朋友，隨手用炭筆畫人像素描，當然還有遺傳自他媽媽的才華──歌唱得很好；但也有人覺得他的性格有些怪異，對不熟的人一句話也不多說。愛倫坡仍像童年時一樣喜歡惡作劇，

有一次大家在玩撲克牌的時候，他披著全白的被單，拿著拐杖裝成鬼走進來嚇人，把大家嚇得半死。

學校因為自由風氣的影響，有人喝酒、有人賭博，愛倫坡當然也不例外，他跟著同學去玩牌痛飲，輸了不少錢，這更加深了養父對他的不滿。在那所貴族學校裡，所有學生都是富

家子弟，如果養父給的錢不夠，或是被自己輸光、喝掉了，愛倫坡總覺得自己和那些有錢的孩子比起來，像是個小乞丐一樣。

另外在選課方面，愛倫坡和養父意見也總是相左。養父要他選數學、簿記、貿易等比較實際的課，以後好幫忙做生意，但愛倫坡的興趣並不在此，他希望在文學的領域有所發展。

因此兩人關係越弄越僵，雖然養母一直居中協調，但他們誰也不肯讓步，養父甚至寄錢給愛倫坡，更不幫他還賭債。

有一次，當放假愛倫坡

回到瑞其蒙時，發現小時候喜歡的女孩愛瑪蕊已經和別人結了婚，這對他來說是個不小的打擊。十八歲的愛倫坡不想再回大學念書，他想離家獨立去過一段日子。也許是想起了死去的母親，他決定回到自己的出生地波士頓看看。

愛倫坡

6. 第一本詩集

愛倫坡想要向養父以及懷疑他能力的人證明：他可以靠自己的力量獨立過日子。

一八二七年四月，愛倫坡一個人來到波士頓，認識了一個和他年紀差不多的朋友嘉文‧湯瑪斯，這個年輕人擁有一間小印刷廠，而且他們兩人都愛詩。

「我們為什麼不合作出版詩集？」湯瑪斯這樣建議著。

「改天我拿我以前寫的一些詩讓你看看。」於是，愛倫坡少年時代寫的詩就這樣得以出版了，約有四十頁左右，書名叫做「坦默林詩集」。書頁上並沒有印愛倫坡的名字，只印是波士頓人寫的，可能是那時他對自己的詩沒有多大信心的緣故。

他在序裡說：「我從十四歲就開始寫詩，如今要出詩集倒有些怯場，因為等於把內心深處公開在大家面前，這的確需要一些勇氣，並不是一件容

易一的事。」

這本詩集寫的都是一些典型青少年的感受，有點強說愁的感覺。當時只印了四、五十本，可能一本都沒有賣出去，也沒有在文學批評界或讀者間引起多大的注意。

但不可否認的，從愛倫坡這本詩集可看出他雖然是個新作家，但對於音韻的安排有他獨到之處，每首詩的韻律都很美；另外特別不同的是他對死亡的描寫，小小年紀就能描繪出深刻的感受，讓人讀了久久不能忘懷。

其中有一首〈湖〉就給人這種感覺：詩裡的主角為無名的恐懼或期望所困擾，即使「死亡」也不能為生命帶來寧靜。由這首詩可以看出愛倫坡在文學上的才華，他善於營造氣氛，把人們對於美麗、害怕、死亡、悲哀的情緒描寫得淋漓盡致。

愛倫坡的詩很適合朗誦，只要多讀幾遍，好像就能感覺到鈴聲響起；他也很強調統一的效果，對於每個字的用法所給予人的意象是不是能帶出美感和哀愁，都用過一番心血考慮，所以他的詩才能流傳後世。

7. 從軍的經驗

愛倫坡因為花錢出了詩集，加上沒有工作，他的經濟又發生了困難，與其低聲下氣去向養父求援，不如自己想辦法解決。於是他加入軍隊，希望能自食其力。後來他被派到南卡州的海岸防衛隊，駐守的島嶼正巧是以往海盜出沒的地方，這樣的經驗觸動他另一個想像天地。

軍隊駐紮的島嶼像是個大寶藏，愛倫坡常跑出去看島上特殊的風光，走在沙灘上沉思，看大樹上纏著像蛇一樣的藤蔓，想像著海盜的寶藏就埋在腳底下。在島上，他還有一個生物學博士的好朋友，隨時教他認識許多蟲、魚、鳥、獸和稀奇古怪的動物習性，這些對他往後的寫作有很大的幫助。像一八四二年寫的〈金甲蟲〉，就是描寫在蘇利文島上尋寶的故事，靠一張用密碼寫的藏

27

愛倫坡

寶圖和一隻巨大無比的昆蟲之間的聯想，把故事鋪陳得十分引人入勝。

後來因為養母法蘭西斯去世，愛倫坡又回到了愛倫家，他對家人表示想讀軍校的意願，於是他們就幫他申請西點軍校。在等待入學許可的這段時間，愛倫坡回到巴爾的摩去尋根，找到了他生父的母親，也

就是他的奶奶。奶奶的年紀很大了，和姑媽瑪瑞亞‧克禮門同住，還有愛倫坡二十二歲的親哥哥威廉。克禮門太太有兩個孩子，是愛倫坡的表弟表妹，那時才七歲的表妹維吉妮亞，是個黑頭髮的漂亮女孩，大大的眼睛讓愛倫坡留下了深刻的印象。

此時愛倫坡開始和文壇接觸，出版了第二本詩集《愛阿拉夫》。雖然仍沒有賺到錢，但已比第一本詩集引起更多注意：「這個年輕人很有才華，想像力豐富，但他寫的詩還是有些怪異，一般人無法馬上就接受。」

一八三○年七月，愛倫坡接到西點軍校的入學許可，他本來以為由軍隊轉到軍校會有比較多的時間寫作，沒想到事實並不是這樣。西點軍校不僅課業很重，而且校規特別嚴，有三百多條之多，不但不准喝酒抽煙，也不可以讀和功課無關的小說或詩集。雖然愛倫坡學科念得不錯，法文和數學都是班上前幾名，但這樣的環境對他而言，實在無法適應，常常不知不覺就觸犯了校規。

在他二十一歲生日前，他決定離開西點軍校到紐約去。

愛倫坡

8. 尋根再團圓

　　一八三一年，愛倫坡在紐約出版了他的第三本詩集，在序裡他寫了許多有關詩的看法：「詩和科學工作是相反的，詩不要事實的描述，要的是美感的經驗和直接的感覺。」這樣的詩論經常被其他文學家引用。

　　因為和養父的關係一直都沒有改善，所以從紐約回來後，他決定不回愛倫家，而去找在巴爾的摩的親人。姑媽一家很窮，全靠愛倫坡已去世的爺爺當時當軍人的一點撫恤金過日子。這時的愛倫坡並沒有工作，但奶奶、姑媽、哥哥和表弟表妹都不嫌棄他，他們高興的歡迎他回來，讓他住在閣樓上來做他最喜歡的事──不斷寫作。後來愛倫坡發覺，雖然詩作可以抒發他的感情，但賺不了錢，於是他決定寫一些馬上能賺錢的東西，剛好那時有一些雜誌出高價徵求好小說，因此他決心一搏。

　　一整個夏天，愛倫坡不停的寫，

一口氣寫了五篇小說，和後來寫的六篇一起合稱「弗利歐俱樂部」小說。雖然他以恐怖小說出名，但其實有些諷刺、幽默的。他好玩的寫了一個編輯近視眼那性的故事，把欺負他的一個編輯寫進小說裡來出出氣；也寫過一個近視眼發現那的人一直鍾情於某女子，結果發現那個人竟是他曾祖母輩的人。愛倫坡是美國文壇原創性很高的作家，他能創造出不尋常的境界，讓讀者感覺到他書中那種害怕、仇恨、哀傷、困惑的情感，一旦開始讀他的書，就無法放下，一直有繼續看下去的欲望。

回到和自己有血緣關係的家，愛倫坡享受到前所未有的家庭溫暖，尤其是表妹維吉妮亞。維吉妮亞像朵含苞待放的蓓蕾，她黑色的頭髮、白皙的皮膚，和明亮的大眼睛，讓愛倫坡覺得自己深深的愛上了她，而維吉妮亞對他全心的信任和依賴，也讓他想起了死去的媽媽。一八三五年，他們結了婚，姑媽克禮門太太變成了他的岳母，一直與他們同住。

愛倫坡的養父再婚後，瑞其蒙的詩高門大屋從此和這在貧困中掙扎的任何也沒有提人絕了緣，他寫信去也得不到回音，養父死的時候，遺囑裡也沒有提

到他，他沒有拿到半分遺產，還是得
靠自己一個字一個字寫，來賺取生活
費用。

二十五歲，這是愛倫坡創作的最
高峰，作品源源不斷的寫出來，他樂
此不疲，並確信自己的一生將與文學
為伍，但長期的貧窮卻令他的健康大
大的打了折扣。

愛倫坡

9. 作品得獎

　　巴爾的摩當地的一份刊物舉辦徵文比賽，愛倫坡一口氣寄去了六篇小說，其中〈瓶子裡的紙條〉替他贏得了第一名，並獲得在當時算是很高額的獎金五十元。宣布得獎時，評審們對他小說的評價是：「故事非常特別，架構完美，有詩一般的語言，想像力豐富，為寫作帶來了嶄新的風格。」

　　有一位評審特別欣賞愛倫坡的才華，把另外幾篇小說都刊登出來，還為他介紹報社的工作。於是愛倫坡帶著太太維吉妮亞和岳母克禮門太太到瑞其蒙當《南方文學信使報雜誌》的編輯，後來升為主編。這段時間算是他最快樂的時光，有家庭溫暖，有喜歡的工作，雖然當編輯的薪水很少，他還是很認真的把《信使》變成水準很高的雜誌，每期都發表一些小詩、短篇

小說，因此漸漸有了一些文名。

因為刊物的需要，愛倫坡開始展現他的另一種才華——寫文學評論。「他的眼光似乎比同時期的作家看得遠」，讀了他批評文章後的人都有同感。

他寫的批評文章對事不對人，不

管寫文章的人是多大牌的作家，他只不看文章的好壞作褒貶，因此得罪了不少人。再加上他健康情況不好，常常請假，偶爾又喝酒誤事，於是他又失業了。

生活總是飄浮不定的愛倫坡，從波士頓到巴爾的摩，由紐約到費城，雖然他寫作得這麼辛勞，但在金錢上的回饋卻很微薄，像〈利吉亞〉這樣的作品只得到十元的稿費。他必須還要另外在雜誌當編輯賺取生活費用，但又常因喝太多酒而被老闆開除，不能伸展抱負。不論是失業或當編輯，他都一直不停的寫作，不停的寫，即使在生病的時候也不停止。

一八三九年，巴爾的摩的一家出版商，出版了愛倫坡的短篇小說集，收了二十五個故事，都是這時期的作品，雖然這本集子裡有美國有史以來最好的小說，但卻沒有得到應有的注意，只有賣掉幾本，連第一版都沒有賣完。

愛倫坡

神祕恐怖小說

　　許多人認為愛倫坡的短篇小說成就之高，是他在文學上占一席之地的主要原因。最初愛倫坡之所以去寫短篇小說，是因為短篇小說有市場，而他所編的雜誌也需要短篇小說來填補篇幅。短篇小說裡，愛倫坡以恐怖、病態、瘋狂的地步，可是他能用不同於一般的華麗語言來表達。

　　有人說他之所以寫了不少恐怖小說，是因為他內心有一種恐懼，一直怕自己有一天會被活埋。愛倫坡睡覺的時候脈搏很微弱，而且每次都睡很久，怕有一天人家會以為他死了，把他埋葬。因此，他寫了不少有關死的活人和活著的死人的故事，讓人讀起來毛骨悚然。

　　愛倫坡寫的小說背景都在相當怪異的地方：荒廢的寺院、萊茵河上的古堡、關閉的房間裡，甚至於只發生在主角的腦海裡。

而他故事裡的主角都有點奇奇怪怪的，多少有點神經質，像〈心跳的祕密〉裡的僕人就是一個典型。

　　故事以第一人稱娓娓道來，年老的主人對他很好，他也很愛主人，只是受不了他很怪的眼睛，像禿鷹般、灰濛濛的藍色眼睛一直盯著他看，讓他有謀殺主人的衝動。就在莫名其妙的狀況下，他把主人害死了，但是卻一直聽到主人的心跳，聲音越來越清晰，越來越大聲，干擾得他受不了，終於忍不住大叫：「是我殺的，把木頭拿掉，我把他藏在地板下面。」

開了人世。

　　靠賣文為生的日子相當辛苦，有
段時間愛倫坡又失業了，只好蹲在家
裡寫文章，寫好文章後交給岳母克禮
門太太去賣，她替他賣了不少作品，
都是家裡等著用錢的情況下賣出，因
為太急於用錢，價錢總是賣得比別人
低，像《葛蘭漢雜誌》付給詹姆斯‧
古柏一篇小說一千元稿費，而愛倫坡
的〈金甲蟲〉卻只拿了五十二元。

愛倫坡

　　紹介中提到是失敗的，略好的想法療
到：「我承認自己在現實生活中維持從想到煮字來療
的，一直賺不到足夠的錢隨時跟隨著我。」他雖
生活，讓太太和岳母一起受苦，從到煮字來療
成為大文豪的夢想中墮落跟隨著我。」他雖
飢的好幾次做編輯做得很成功，但都因
然為其他的因素而做不長久，生活總是
動盪不安。

　　但難得的是愛倫坡從來不看輕自
己，他對自己的才華有信心，經過時
間的考驗，也證明「天才」用在愛倫
坡身上是絕對正確的。

14. 文友和敵人

在紐約時的愛倫坡結交了不少文友，和他同時期的狄更斯就十分欣賞他的寫作才華。一八四二年春天，狄更斯到紐約和愛倫坡見面，還把愛倫坡的《怪誕故事集》帶回英國，希望能替他找到出版商在倫敦出版，雖然後來並沒有實現，但是愛倫坡受到很大的鼓勵，他也為狄更斯的小說寫了極有價值的評介。

但愛倫坡常常在寫批評文章時，因為太苛刻而得罪了不少人。他評過郎費羅的〈夜之聲〉，將他評得一文不值，但當他為《葛蘭漢雜誌》寫信向郎費羅邀稿的時候，郎費羅卻很有度量的不提愛倫坡對他的無禮，回了一封稱讚他文章的信：「每次讀你的文章都讓我有許多靈感，你說故事的能力無疑是全國第一的。」

可是並不是每個人都像郎費羅有這樣的好度量，愛倫坡因為無情的書評得罪了許多人，不少人反擊，分別

愛倫坡

在不同的雜誌上寫不利於他的言辭，愛倫坡甚至把他們都告上法庭，說他們毀謗，還因此得過四百九十二元的賠償，但同時也損害了自己的名聲。

一八四一年，由於編輯雜誌的關

認識了一個負責時選人：葛瑞斯伍德。那時他正籌劃編一本《美國詩選》，答應選錄愛倫坡的詩。

兩人剛開始互相尊重，原本互相愛慕，在相關的文章上互相吹捧，愛倫坡晚年辭去一些職位，但這許多年來都被認為……伍德搶拿薪水，交物方面對伍德好，愛倫坡一天大誇。

伍德畫一些職位高的，因為批評說愛倫坡的詩寫得不強，而到其他刊物上發表批評，是造謠，雖然有人站出來替他辯白，但都被認……

說愛倫坡酗酒、向人家借錢，他說的全是有些造謠，是誇大其辭，但有許多人來替他辯白，都被認為……有些後來證明傷害很大。雖然有人來替他仗義執言，站出來十幾年，然而伍德的文友的中傷，好幾十……愛倫坡的……坡的……然而伍德……

愛倫坡

加，連他的岳母也是事後才知道他去世的消息。

像許多潦倒的藝術家一樣，他們死後才受到更多的肯定，愛倫坡也是這樣。世界各地越來越多的學者認可他的成就，越來越多的讀者喜歡他的作品，不論是詩、短篇小說、文學評論都受到極高的評價。

愛倫坡在美國文壇中的影響非常深遠，從勒維克瑞‧福特到詩人佛洛斯特，都可以找到受他影響的痕跡；在英國，從但尼生到葛倫，有他觸動作家靈感的跡象；法國人把他和狄更斯、托爾斯泰相提並論，他「為藝術而藝術」的信念是許多後輩作家創作的準則。

有人把他的故事改成音樂劇，有人引用他的小說人物的話說：「我忘了人類的感覺，把我自己關在像鳥舍那樣與世隔絕的房子裡。」創作英國最著名的偵探小說系列「福爾摩斯」的柯南‧道爾，他把自己的成就歸功於愛倫坡推理小說的啟發。

推崇愛倫坡的人說他是美國最偉大的文學家，因為他特殊的作品，使美國文學能在世界文壇中突顯出來，這一切都是愛倫坡的功勞。

愛倫坡

愛倫坡
Edgar Allan Poe

愛倫坡 小檔案

1809年　1月19日，出生於波士頓，父母都是走碼頭的演員。

1811年　兩歲時，媽媽去世，爸爸失蹤，被愛倫夫婦收養。

1815年　六歲時，和養父母到英國住了五年。

1820年　回到美國維吉尼亞上私立學校，熱愛文學。

1826年　上維吉尼亞大學，卻愛喝酒、賭博，與養父關係越來越差。

1827年　出版了第一本詩集。加入軍隊。

1828年　從軍中退伍，出版第二本詩集。尋根回到波士頓姑媽家。

1830年　進入西點軍校，只念了一年就離開。

1831年　出版第三本詩集，和姑媽一家同住，在閣樓上專心寫作。

1832年　出版第一本短篇小說集。

1833年　〈瓶子裡的紙條〉得到最佳短篇小說獎。

1834年　養父去世，未留給愛倫坡任何遺產。

1835年　為《南方文學信使報雜誌》當編輯，因喝酒被開除。和表妹維
　　　　吉妮亞結婚，並接姑媽同住，生活貧困。

1839年　出版《烏舍家的覆亡》。加入《波頓紳士雜誌》當編輯，離去後
　　　　想自己辦雜誌也失敗了。

1841年　在《葛蘭漢雜誌》當編輯，因酗酒去職。這時期寫了許多神祕
　　　　懸疑小說。

1845年　出版《大鴉》詩集。

1847年　太太維吉妮亞病死，死的時候只有二十四歲。

1849年　10月7日，死於巴爾的摩，只有四十歲。

寫書的人

吳玲瑤

　　金門人，西洋文學碩士，文筆以機智幽默見長，並以溫柔敦厚的心和明亮敏感的眼，來認識人間至美，體驗人生至樂。曾經獲得海外華文著述首獎，和第一屆拿破崙傑出成就獎，為海外受歡迎的暢銷女作家。

　　現和電腦博士先生陳漢平旅居加州，育有一兒一女都喜歡文學。她熱心公益，創辦中文學校，主辦各種學術和文藝研討會，為北美作家協會創會副會長。著有《女人的幽默》、《生活麻辣燙》等四十九本書。

畫畫的人

郜　欣

　　郜欣從小喜歡兒童插畫，就讀中央民族大學時，已決定為此奮鬥一生。他畫畫時，下筆嚴謹，但很喜歡嘗試各種不同的風格，想讓大家感覺很新鮮、有趣。

　　郜欣對任何事都充滿熱情，他夢想能走遍全世界，希望用自己的筆，讓孩子更可愛，也讓世界更可愛。

倪　靖

　　畢業於北京服裝學院裝潢設計，大學期間即開始從事兒童插畫創作的倪靖，從小喜歡收集各種設計新奇、可愛的手工藝品；喜歡大自然，她最大的夢想是能在燦爛的陽光下、清新的空氣中、豔麗的花叢裡作畫。

　　倪靖較擅長明快、隨意的畫風，最喜歡畫動物和小孩。對兒童插畫充滿熱情，希望能通過自己的畫，把溫馨、快樂帶給大家。

文學家系列

榮獲行政院新聞局第五屆人文類小太陽獎
行政院新聞局第十八次推介中小學生優良課外讀物
文建會「好書大家讀」活動推薦
文建會「好書大家讀」活動1999年度最佳少年兒童讀物獎

～ 帶領孩子親近十位曠世文才的生命故事 ～

每個文學家的一生，都充滿了傳奇……

震撼舞臺的人 ── 戲說莎士比亞　姚嘉為著／周靖龍繪

愛跳舞的女文豪 ── 珍‧奧斯汀的魅力　石麗東、王明心著／郜　欣、倪　靖繪

醜小鴨變天鵝 ── 童話大師安徒生　簡　宛著／翱　子繪

怪異酷天才 ── 神祕小說之父愛倫坡　吳玲瑤著／郜　欣、倪　靖繪

尋夢的苦兒 ── 狄更斯的黑暗與光明　王明心著／江健文繪

俄羅斯的大橡樹 ── 小說天才屠格涅夫　韓　秀著／鄭凱軍、錢繼偉繪

小小知更鳥 ── 艾爾寇特與小婦人　王明心著／倪　靖繪

哈雷彗星來了 ── 馬克‧吐溫傳奇　王明心著／于紹文繪

解剖大偵探 ── 柯南‧道爾vs.福爾摩斯　李民安著／郜　欣、倪　靖繪

軟心腸的狼 ── 命運坎坷的傑克‧倫敦　喻麗清著／鄭凱軍、錢繼偉繪

小太陽獎得獎評語

三民書局以兒童文學的創作方式介紹十位著名西洋文學家，
不僅以生動活潑的文筆和用心精製的編輯、繪畫引導兒童進入文學家的生命故事，
而且啟發孩子們欣賞和創造的泉源，值得予以肯定。